獻給　恩佐和馬蒂斯 ——— S.M.

ⓒ　小豆子的大冒險

文　　字	大衛・卡利
繪　　圖	賽巴斯提安・穆藍
譯　　者	林幸萩
責任編輯	郭心蘭
美術編輯	郭雅萍
版權經理	黃瓊蕙
發 行 人	劉振強
發 行 所	三民書局股份有限公司
	地址　臺北市復興北路386號
	電話　(02)25006600
	郵撥帳號　0009998-5
門 市 部	(復北店) 臺北市復興北路386號
	(重南店) 臺北市重慶南路一段61號
出版日期	初版一刷　2019年4月
編　　號	S 858901

行政院新聞局登記證局版臺業字第○二○○號

有著作權・不准侵害

ISBN　978-957-14-6429-9　(精裝)

http://www.sanmin.com.tw 三民網路書店
※本書如有缺頁、破損或裝訂錯誤，請寄回本公司更換。

小豆子 的 大冒險

大衛・卡利／文

賽巴斯提安・穆藍／圖

林幸萩／譯

三民書局

小豆子的生活很微小，很迷你，

但是他什麼都不缺。

這是他自己蓋的小房子。

那是他種的番茄。

而他的朋友呢？

可多了！

大家都好喜歡小豆子。

他的興趣是什麼呢？有很多個：

像是收集瓶蓋，

做玩具

和玩音樂！

他的工作是什麼呢？你們可能已經知道了。

小豆子是郵票畫家。他非常喜愛這個工作！

但是今天卻不太順利。

發生什麼事了？

小豆子必須創作出一系列全新的郵票，

可是他不知道要畫什麼。

他已經畫過昆蟲系列、

番茄系列、

汽車系列，

還有花卉系列。

小豆子沒有靈感。

他到底要畫什麼才好？

嗯嗯……沒有任何想法。

嗯嗯……還是想不出點子。

如果他出去走走呢？

小豆子不知道該怎麼辦。

也許他需要去度個假。

何不來一場**偉大的**冒險？

這樣一來，小汽車肯定不夠用。

他開始敲敲打打⋯⋯是要做什麼呢？

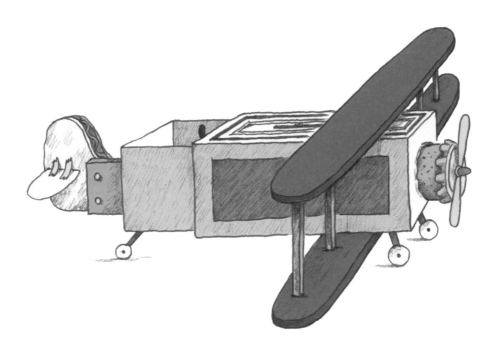

啊！原來如此！（是一架飛機）

三、二、一……

起飛囉！

但是突然間，小豆子開始往下墜落！

要墜機了！喔不！

幸好他有事先準備降落傘！

除了飛機以外，其他東西都還好好的！

小豆子到了哪裡呢？

他好像迷路了。

他從來沒見過像這樣的植物。

這裡的昆蟲也長得跟他認識的不一樣。

他一定已經離他家很遠很遠了。

四周的昆蟲都在辛勤的工作！

小豆子從來不會拒絕幫助別人。

大家一起努力，我們就要成功了！

然而小豆子還是很傷心。

他要怎麼做才能回家呢？

大家都不知道。

不過在此刻,他仍然和新朋友們

度過了一個非常美妙的夜晚!

隔天早上，他的朋友們為他準備了

一個驚喜！

小豆子現在準備好要出發了。

三、二、一⋯⋯再見了，朋友們！

小豆子飛過整片山野……

這片風景比之前離開時更美麗！

他在那裡看到了什麼呢？

是他的房子！還有他種的番茄！

太棒啦！他的朋友都在這裡迎接他。

小豆子已經迫不及待要將他的冒險之旅告訴大家。

畢竟，一場**偉大的**冒險

可不是想去就能去的呢！